KB055945

인생 사랑

이용성 지음

인생사랑

생각마저 보고픔일 수밖에 없는 그리움 덩이를
아무도 모르는
까아만 어둠의 시간 속에 묻어두다

생각나눔

차례

1장 / 生

서녘 황혼,
비틀지는 그림자 하나

2장 / 父

그 청춘
뿌려두고

3장 / 描
몽산포의 밤

4장 / 戀

이 세상
하나뿐인 사람

인생과 사랑이란 단어가 궁금하여 시간을 부여잡고 좇았던 젊은
시절이 나에게도 있었다.

이제는 중년이 되어 버린 세월 앞에 그 시절 이야기들은 추억이란
빛바랜 이름이 되어

꺼져가는 불씨처럼 조금씩 사그라져가는 부분이 안타까움으로 묻
어오는 시간이다.

내 젊은 날 내 비망록 위로 쉼 없이 달리던 삶에 대한 이야기를

내 젊은 날 내 아버지에 대한 못다 한 사부곡 이야기를

내 젊은 날 내 인생 곁을 스쳐 지나갔던 이야기를 모으고 모아

내 마지막 흔적 같은 인생이야기를 불현듯 남기고 싶었다.

결국, 인생이란 '추억 쌓기 게임'인 것을.

훗날 추억으로 먹고사는 시간이 나에게도 다가오면 나는 오늘을
이야기하면서 잔잔한 웃음 짓고 싶다.

마지막으로 어리고 부끄러운 글들이 세상 밖으로 나오기까지 도
와주신 '생각나눔' 관계자 여러분과 주변에서 항상 응원해주고 힘이
되어주는 가족, 동료 그리고 모든 친구에게 감사 인사를 드린다.

2014년 10월 31일

이용성

· 인생사랑 ·

生

서녘 황혼,
비틀지는 그림자 하나

생의 한가운데 서서

生의 한가운데 서서
우리가 누려야 할 自由는
가을의 푸른 하늘처럼 끝이 없습니다.

生의 한가운데 서서
우리가 품어야 할 꿈의 形象은
일곱 무지개빛 색깔입니다.

生의 한가운데 서서
우리가 사랑해야 할 사람은
이 아름다움을 말할 수 있는 모든 사람입니다.

그러나,
너무나도 아름다운 生의 한가운데 서서
이제 막
삶이 무엇인지
사랑이 무엇인지

봄날 돋아나는 초록 풀빛처럼 느끼기 시작했는데,

문드러지는 영혼을 부여잡고서

오늘도

허황된 꿈을 꾸어야 하는 바보스러운 생명이

어둠의 자식이 되어

지하 저편 염라의 심부름꾼을 마중 나가야 합니다.

生의 한가운데 서서

나는 누구인가

어디에서 왔을까
어디로 가야 할까
미지의 시간 속에
물음표 이야기들
나는 누구인가

내
삶의 노래는
빛바랜 낙엽처럼
바람에
이리 쓸리고
저리 쓸리고
오늘도
맹목적 하루를 살아야만 했던
나는 누구인가

누군가에게 운명처럼 기워졌을

내 이름 석 자

정녕

나는 누구인가

너는 아는가

너는 아는가
나의 삶이
어데서 와서
어데로 가고 있는지
어데로 가야 하는지

너는 아는가
나의 삶이
왜
하늘을 떠도는 流浮雲(유부운)처럼
바다를 헤집는 浮萍草(부평초)처럼
한곳에 뿌리를 서려두지 못하고 떠도는지

너는 아는가
이러지도
저러지도 못하고
흘러가는 시간만 주워 먹고서

역겨운 트림질을 일삼는

못난 한 사람을

너는 정녕 아는가

인생의 덫

삶 위에
또 다른 삶을 잉태하려는
한 사람의 애달픈 영혼이
꽉 쪼여진 시간의 틀 속에서 몸부림친다

운명처럼 다가온 生
숙명처럼 다가올 死
교번하는 人生의 덫

오늘
유두매미 칠 년 한 거세게 토해내는
팔월의 높다란 쪽빛 하늘은
무에가 그리도록 서러운지
어둠이 길게 늘어지는
大地를 자꾸만 밟아본다

인생

어데로 가야 하나

어데로 가야 하나

가야 할 길은 멀고도 머나먼데

땅거미는 길다랗게 늘어지고

소쩍이의 집을 찾아 외짖는

뻐꾸기의 한 서린 그림자는

산허리를 휘감아 도는데

어데로 가야 하나

어데로 가야 하나

무엇이 옳고 그름인지

상실해버린

나의 희멀건 봄은

또 이렇게

방향조차 잃은 채로 헤매이려나 보다.

전주곡

산다는 것은

하루를 살더라도

밤빛을 사르며 질주하는 차창에

딱-딱

따다닥 소리 내며

형체조차 알 수 없는 모습으로

산산이 부서지는

이름 모를 풀벌레의 집요한 노랫소리

달려간다.

어둠을 부수는 헤드라이트 불빛에

부딪히고 또 부딪히며

부서지고 또 부서지며

어덴가에서 손짓하는

내 삶의 본능(本能)을 찾으러

밤은

차창 사이로 스치면서 소리치는데

부딪히는 삶들은

꽃무늬 파편 되어 시야를 흐리는

지금

삶의 찌꺼기를 쉼 없이 토해내고 있는

와이퍼의 소리 없는 흔들거림은

어떠한 삶의 전주곡인가

생일

이 세상에 태어났다.

누가

내가

어둠을 뚫고 달려드는 불나방처럼

그렇게 삶을 불태우라고

어둠에 지쳐 허덕이는 시간 속에

조막손 꼬옥 쥐고서

시공을 초월한

비상구 없는

여기 이 땅에 태어났다

누가

빌어먹을 내가

눈으로 보는 세상은

모두

신의 속임수이다.

신의 애꿎은 장난 앞에

우리들은

어제 태어나

오늘 웃다가

내일 떠나간다

쉼 없이 밀리며

소리 없이 스러지는

어제

조막손 안에서 꼼지락거리던

깨알 같은 운명의 낱알들은

오늘이라는 시간을 꿈꾸던

어제의 하이얀 아우성 사연들이었다는 것을

신은

우리에게 알려 주지 않았다.

오늘이라는

우스운 하루가

바알갛게 달구어진 인두의 불길 속에서

알몸뚱이로 뒹굴고

누구의 시선조차도 머물지 않는

검은 이기의 연기가 자욱한

문명의 그늘 아래에서

발광하는 밤을

꼬옥 껴안고

그렇게 호올로 시간을 부비고 서 있다.

신이 만들어 놓은

거대한 함정 속에서

허우적거리며 웃어야만 하는

너와 나는

이제

이

신의 놀이터에서

모질도록 따라다니던

신의 기나긴 그림자를

꼭 꼭

밟아 보자

오늘

태어났다

누가

이런 허무맹랑한 이야기들만 늘어놓으며

삶을 살아가는

내가

괴짜 인생

진리 아닌 과장된 진리의 숲 속에서
춤추며 살아가야 할
우린
처마에서 떨어지는 물방울처럼
삶의 뿌리를 확고(確固)하게 내려야 합니다

거짓이 참이 되고
참이 거짓이 되어 버리는 요지경 세상
질척이는 현실에서 참 진리를 찾기 위해
우린
이 뙤약볕 오후에
방역의 그늘에서
성스럽게 허물을 벗는 한 마리 매미처럼
맑은 구월의 하늘에서
새로운 나를 찾아봅니다

他人의 삶 속에서 부대끼던

나의 초라한 삶이

막다른 골목에서 울고 있습니다.

아침에 눈을 들어

궤변으로 하루를 시작하는

나의

괴짜 인생은

어둠을 짊어진 외로운 땅거미가 되어

뉘가 알지 못하는 슬픈 곡조를

황혼이 물든 서녘 하늘 위로 쏘아 올려 봅니다.

너무나

너무나 넓다
머리로 딛고 서서
바라다보는 하늘이
내려다보는 대지가

너무나 많다.
머리로 딛고 서서
바라다보는 하늘 아래
내려다보는 대지 위에
활보하는 작은 삶들이.

너무나 싫다.
머리로 딛고 서서
바라다보는 하늘 아래
내려다보는 대지 위에
나를 찾지 못하고
허우적이는 한 삶이

너무나 애처롭다.

머리로 딛고 서서

바라다보는 하늘 아래

내려다보는 대지 위에

빠알간 서녘 황혼

비틀지는 그림자 하나

왜

산다는 것은
'알 수 없음'
도무지
'알 수 없음'

하지만,
하지만,
어제처럼
오늘도
나는
알 수 없는
아침에게 인사를 하고 말았다.
왜???

표류

내 삶이
아무런 목적 없이 표류하고 있다.
이리로 가야 할까
저리로 가야 할까

어스름 저녁 자동차 헤드라이트 차창 너머로
수없이 부딪히는 하루살이의 운명적 주검처럼
그렇게
단, 하루를 살더라도
어딘가에 내 삶의 흔적을 남기고 싶은데.

언제부터인가
멍한 가슴으로
초점 잃은 눈동자로
의미 없는 시간만을
꾹꾹 눌러 죽이고 있었다.

비가 나린다

비가 나린다
축축한 현실 위에
검은 비가 나린다.

묻어온다
빗줄기 따라 따라
물줄기 따라 따라
어제라는 그림자와
오늘이라는 현실이

비가 나린다
삶도
희망도
사랑도 질척이는
시간이라는 거대한 늪 위에서

오늘

나의 하늘 위로

검은 비는 쉼 없이 나리고 있다

배야

삼각지 돌아가는 배야
찢기워진 돛을 달고
부러진 삿대로
이 황혼에
어데로 나아가려 하느냐

과거의 이야기가 되어버린
희망의 조각들을 찾기 위해
색바랜 인생의 돛을 달고서
이정표 없는
검은 바다를
이 황혼에
어데로 나아가려 하느냐

배야
삼각지 돌아가는 황혼의 배야
내가 돛이 되고

네가 바람 되어

내가 삿대 되고

네가 사공 되어

이

함몰(陷沒)하는 거대한 바다를

힘차게 저어 가지 않으련

삶이란 1

삶이란

바람과 구름

어데서 일어나서

어데서 머무는가를 알 수 없는

삶이란

바람 타고

구름 타고

떠돌다가 떠돌다가

홀로 피지며 노래하는 민들레 홀씨

삶이란

바람의 무게보다 가벼운 솜털로

어둠을 휘감고

달리는 차창에 매달린

하루살이의 알 수 없는 날갯짓

정녕

삶이란

시간이 흩뿌려놓은 고통의 씨앗

삶이란 2

가을밤을 밀어내는
드센 바람 소리

까막 까치
겨울 식량
빠알간 홍시 하나
영문도 모르는 채 추락하며
하세월을 잊는다

아!!
삶이란
늦은 가을밤
거리를 조잖는
바람의 바이브레이션인가

영혼

까아만 하늘

찰라지간 태어나

순간을 發하는

유성 하나 꼬리 치고

쏟아지는 헤드라이트 홍수

부서지는 삶의 파편

경적 또 경적

매연 또 매연

휘청대는 거리

장송곡(葬送曲) 기나긴 행렬

어디서 왔나

어디로 가고 있나

어디로 가야 하나

내 애달픈 삶의 영혼아!

生과 死

산다는 것이 무엇이뇨
죽는다는 것이 무에냐
이승이 어데 있으며
저승은 어데 있는가

우리 모두
生과 死 갈림길에서
잠시 머물고 있지만
지금
산자의 눈에 보이는 죽은 자
이 세상 가장 편안한 잠을 자고 있다

아!
내 눈동자 속에
그대 아직도 숨 쉬고 있는데
무슨 사연 있었길래
뉘가 부르지도 않는 머나먼 길을

안녕이라 말도 하지 아니하고

돌아오지 못할 머나먼 길을 떠나셨나

응급실(1)

하이얀 가운

신음하는 靈魂

구급차 소리

生·死의 길을 넘나드는

널브러진 핏빛 선혈

그리고,

의식 없는 팔다리를 껴안고 울부짖는 소리 소리들

여기가

삶의 종착역(終着驛)인가

아니면

또 다른 삶을 시작하는 未知의 世界인가

오늘

공허하게 떨리는

임자 없는 침상의 흔들거림이

자꾸만 눈가에서 아른거리는 것은

아마도

삶에 뿌리를 확고(確固)하게 내리지 못한 까닭일 게다.

응급실(2)

다섯 살배기
어린애의 가녀린 손등에
맑은 수액이
방울방울 떨어지고

여덟 살배기 초등생 누이
하나뿐인 동생의 귀에
무어라고 소근대며
백지 같은 발을 주무르는
손끝이 애처롭기만 하다.

흔들리는 형광 불빛
자꾸만 울부짖는
아이의 조막손을 꼬옥 쥐어 잡고서
돌아앉은 어머니의
눈시울은 뜨겁기만 하다

흔적

내 안에
꿈틀대던 미완의 생명들
뿌리도 내려보지 못하고
향기도 뿌려보지 못하고
세월의 바람 앞에 떨구나

한 번뿐인 삶이기에
두 번을 살지 못하는 까닭에
바다를 침대 삼아 떠다니다
하늘을 지붕 삼아 떠돌다가
내 안에
숨 쉬는 無言의 흔적을 남기고 싶다.

뻐꾸기시계

뻐꾸기시계가 일곱 시를 기~일게 토하고 있다.
지금은 여덟 시가 지났는데
시간을 조잦는 나만의 작은 공간에서
배고픈 뻐꾸기 소리를 방관만 하는 이유는 무얼까?

싫다
무엇인가에 얽매여 살아야 한다는 것이
무엇인가를 쫓으며 살아야 한다는 것이
무엇인가에 쫓기며 살아야 한다는 것이

어제
잃어버린 한 시간을 찾기 위한
애처로운 뻐꾸기의 힘없는 흔들거림은
내일
두 시간을 잃어버릴지도 모른다

뻐꾸기 울음소리가 사라지기 전

오늘

건전지 하나를 사야겠다

· 인생사랑 ·

父

그 청춘
뿌려두고

아버지(1)

大地는 시간을 타고서 날아오르며
사람은 시간 속에 말없이 묻혀만 간다

검은 수염
검은 머리
논과 밭에다 모두 심으셨을
나의 당신은
오늘도
뿌우연 탁배기 한 사발로
별과 달을 취케 한 후에
어두운 방안으로 쓰러지셨다

아!
故鄕의 밤하늘은
바람 한 점 일어서지 못하는데,
쇠죽 가마솥 옆 자리 잡은
녹슨 조선낫과

구멍 뻥- 뚫린 쇠죽바가진

무에가 그리도록 서러운지

자꾸만

시퍼런 傳說들을 꾸역꾸역 토해내고 있다

아버지(2)

病院에 가자고 했다.
아니 간다고 하신다.

病院에 꼭 가야 한다고 했다.
죽어도 아니 간다고 하신다.

대소변조차 제대로 가리시지 못하는
또 다른 자신을 분신을 바라보며
어둑한 방안에서
홀로 歲月의 아픔을 삭히시는
내 어머니의 왜소한 象이여

어이하려고
歲月은 이다지도 아픈 고통의 강을
거대한 함정으로 만들어 놓았는가

아버지(3)

따스한 바람이

四月을 꿋꿋이 지키고 서 있는 꽃들을 스친다.

백색 건물

하이얀 가운들

그 앞에 숨죽이며 기다리는 사람 사람들

가늘진 주삿바늘

불거진 혈관

검붉은 피를 한 움큼 베어먹고 붙여지는

이름 석 자의 라벨

아직도 가슴은 시계추마냥 콩닥이고 있었구나

식어가는 삶의 반대편

아우성치는 미련의 삶덩이들이

여기 이곳에 서게 하였구나

살아온 세월만큼

이마에는

고통의 강이 숨죽이며 흐르고

하이얀 백발

삶을 지탱해온 가늘진 두 다리

오늘도

기나긴 복도 길을 바람결에 절룩이며

홀로 걸어간다

이제는 안다.

누가 보상해 주지도 않는 남은 세월은

운명으로 지어진 길을 따라서 가야 한다는 사실을

시간은 무지갯빛 꽃을 피우고

바라보는 세상은 아름답기 그지없는데

아버지(4)

어젠 손바닥처럼 작게만 보이던 황토의 땅

이제 돌아서 보니

한없이 넓게만 보이는

황금의 땅을

누가

누렁소 앞세워 쟁기질을 할 것이냐고

잠시 고추 온상을 살피던

내 어머니의 탄식이다

어제보다 야위어진 얼굴로

걸음조차 한 발짝 내딛기 어려운

내 아버지는

두 분의 가묘(家廟) 앞에서

세월을 앞서 웃자란 잡초들을 뽑고 있다

세월은

허어연 백발(白髮)로

대지에서 또 다른 삶을 시작하려는가 보다

자식들은

내 아버지의 청춘을 살라 먹고

빛나는 흑발(黑髮)로 장식하고 있는데

아버지(5)

죽음이 두려우신 걸까

그 좋아하시던

술·담배조차도 입에 가까이하시지를 않는 것을 보면 말이다

아니 가신다던 病院

學校 앞에도 가보지 못한 그 어두운 눈으로 다녀오시고

자식은

힘없는 罪人이 되어서 끝없는 하늘만을 우러른다

아버지(6)

간경화란다.

말 그대로 肝이 딱딱하게 굳는 病이란다.

現代의 의학으로는 不治의 病이란다.

그냥 말 없는 하세월을

태양 아래에서

탁배기 한 사발로

묵묵히 땅만 바라보며 살아오셨는데

묻혀버린 過去의 기억들

不幸했지만 幸福했던

가난했지만 부유했던 이야기들이

메마른 감정의 눈물샘에 소리 없이 치닫는데

아!

이젠

누구의 품 안에서 웃고 울어야 하는가

아버지(7)

요즈음

아버지는

똑—똑 거리며

방울방울 떨어지는

유리병 수액(水液)을 드시고서

홀로 울고 있는 아침을 여신다.

툭툭 불거진 어제의 혈관들의 모습은 어데 가고

지금

앙상한 뼈 마디 마디는

주삿바늘에 시퍼렇게 시달린

핏빛 흔적들만이 말라서

군데군데 군상(群像)을 이루어 피어 있다.

모진 세월

침묵으로도 꿋꿋이 이겨 오셨는데

오늘은

유리창 너머

미풍에도 흔들리시는 것을 보니

나의 작은 가슴에도

머지않은 시간에

살을 에이는 시리운 한파(寒波)가 불어오려나 보다

아버지(8)

군데 둔데 핀

시퍼런 멍 자국들이 채 사라지기도 전에

또다시

백색건물(白色建物)

하이얀 가운 앞에서

아버지는

고통으로 신음하는

삶의 앞가슴을 헤쳐 보이셨다.

환자복에 말라버린

혈흔 자욱들은

붉디붉은 예전의 그 모습인데

아버지는

왜

여기에 누워

가녀린 팔뚝 어느 곳에

예리한 주삿바늘을 담아 두고 계시는가.

6월 푸르른 大地는

아버지의 손길을 애타게 부르고 있는데

어이하라고

어이하라고

하늘은

또 다른 苦痛의 삶을

기나긴 동아줄로 엮어 놓으셨는가

아버지(9)

문턱이 없는 집에

동네 사람들의 발걸음이 바쁘다.

채 스무 가구 남짓한

자그마한 동네 가장자리

어제를 잃어버린

나의 하나뿐인 당신께서 누워 계시고

어서 기운 차려 일어서라는

말 한 마디 한 마디가

방 구석마다에서 메아리 이는데

정녕

날보고

어이하라고

더위를 입에 물고 헉헉이는

누렁이 뜰이는

콘크리트 마당에 길게 누워서

여름을 힘겹게만 뱉어내고 있는가

아버지(10)

새벽 두 시

메마른 기침 소리

차가운 공기 속에

그 靑春 뿌려두고

이젠

아무도 찾아오지 않는

어두운 암실

작은 공간에

이름 모를 他人의 모습으로

거칠은 두 조막손

가난한 가슴속에 고이 접고서 잠드신

내

삶의 화신이여!

아름다운 젊은 날의 기억도

그 때 묻은 베갯맡에 묻어두고

이젠

전설(傳說)을 지피는 불씨만이
어둠 속에서 간간이 타오르는데

아!
숨소리마저 고르지 못한
내 아버지의 수면을 방해하는
이 불면을
어이해야 하는가

아버지(11)

존재하지 않는다
이 세상
내가 '아버지'라고 불러야 할 사람은.

추석날
그토록 좋아하시던
탁배기 한 사발도 입에 대지 않으시던
아버지.

어이하라고
어이하라고
그토록 애지중지 기른 못난 자식들
이름 한번 불러 보지 못하고서
거친 숨을 밤새워 들이키셨나.

잠자는 듯 편히 누워 계신
나의 아버지여!

두 번 다시는 가난 자의 아들로 이 땅을 밟지 마시고

풍요한 세상 가진 자의 아들로 태어나

글도 깨치시고

그렇게 남들 보란 듯이 사소서.

죄가 있다면

단지

죄가 있다면

가난 자의 아들이었다는 사실 하나

그 족쇄의 굴레 속에서

거친 삶을 살다 가신

아버지

편히 쉬소서

편히 쉬소서.

아버지(12)

서 있다
까막까치 한가로이 가을을 쪼아대는
누우런 황토의 땅 위에

누렁소 앞장세우고
워-이 워-이
삶을 가래질하며,
뿌우연 탁배기 한 사발로
세월의 기름띠를 쓸어내리시던
내 삶의 화신(化身)은
아무 말 없이
봄날의 기억을 더듬는 파르라한 망 촛대 옆에서 누워 있다.

무우 배추는 누가 뽑아서 김장하노.
내년 봄날
이 기나긴 황토의 땅은 누가 가래질 하노
여기다가 고추도 심어야 하고

저기다가 오이 상추씨도 뿌려야 하는데…
아버지의 봉분 앞에 앉아서
바람 몰래 눈물을 훔치시던
내 어머니의 넋두리이다.

가늘진 손 마디마디로
주름진 하세월을 묵묵히 호미질만 하셨는데…
고삐 잡은 불거진 손은 가래질만 하셨는데…
죄 없는 삶은
무슨
죄 많은 사연이 있었길래
풀어도 풀어도 풀리지 않는 실타래에
육중한 족쇄까지 채워 놓았는가

• 인생사랑 •

描

몽산포의 밤

무제(無題)

골 진 언덕배기

작은 옹달샘 하나

지저귀는 온갖 잡새

메마른 입술을 적시우네

두꺼운 껍질 휘두른

천 년 노송(老松) 하나

옹달샘 깊은 골에

뿌리 깊게 서려두고

태양을 불살라 먹는

이슬 머금은 푸르른 가진

잡새의 보금자리

하늘은 드넓은 바다

大地는 불타는 太陽

한적한 잡새 우는 땅

老松은 바다를 지붕 삼아

오늘도

태양을 살라 먹고 산다.

비둘기와 할머니

태양이 부서지는
파라솔 아래
마주 보며 이야기하는
수많은 인파

아장아장
하이얀 날개 말아 쥐고
떨어진 부스러기
날카로운 부리로 순식간에 쪼아대는
회색 몸짓
그림자 무리

주름진 얼굴
구부러진 허리
까아만 비닐봉지
빈 병을 주워담는 할머니

아!

누군가?

할머니를 이 거리에서

비둘기 그 날카로운 부리보다 빠른

손놀림을 가르쳐 준 사람이

어둠이 태양을 겁 없이 사르고

비둘기는 그 어딘가에 둥지를 틀었는데

할머니는

아직까지 인파 속에 묻혀

스치는 바람에

소리 내 울고 있는 빈 병들을

양손에 모두어 부여잡고 있다

졸부의 미소

가난뱅이 슬픈 사연의 꿈들이

현실 위에서 거대한 폭죽을 터뜨리며 쏟아져 내릴 때

나 아닌 타인으로 다시금 태어나는

졸부는

머리에 人의 기름을 바르고

번쩍이는 문명의 액셀레이터를 힘차게 밟는다.

돈이 좋아

돈이 좋아

푸르른 종이

할아버지 미소

하이얀 백지

영의 행진을 쫓고 쫓는

졸부는

그 옛날 자신의 핏빛 삶들을 한 움큼 베어먹고서

문명이 휘청이는 골목길을 누비고 있다

가난 자의 왕으로

권력에의 종으로 군림하는

졸부의 공허한 외침은

검은 하늘을 진동킨다

돈이 사람을 만드는 세상

가진 자만이 가슴에 꽃을 달 수 있는

이 세상에서

나를 욕치 말아 달라고

하루살이

방충망 너머
하루를 살다 간
수많은 의미 없는 주검들이
이 비에 실려만 간다

짧은 삶
잃어버린 삶을 찾기 위해
반쪽의 날개 퍼득이던
너의 하이얀 노랜
이 비에 묻혀 버렸다

초파린 자랑스레이 칠월을 만끽하는데
억수같이 쏟아지는 장대비에 숨겨버린
너의 까아만 전설들은
태양이 다시 불타오를 때
그 작은 날갯짓으로 빠알간 불빛을 사르며
어제 못다 이룬 하이얀 꿈을 펼치리라

지금도

창으로 흐르는 시간은

하루를 날지 못한 주검들을 실어 나르고

대지는 극심한 몸살을 앓고 있는데

만리포 연가

금빛 백사
억겁의 세월
바다가 부서져 내린 암반 위에
은빛 날개 고이 접어두고
쪽빛 하늘 위로
힘찬 비상을
꿈꾸는 갈매기 한 쌍

인간은
검게 그을린 하늘 아래에서
불타는 백사 위에서
이 여름을 사냥하고 있다

고추잠자리

여름은

아직 시작도 되지 않았는데

어디서 날아들었을까

비나린 호수 위로

무리지어 날고 있는 빠알간 군상(群象)

네가 날지 않는

가을 하늘은 삭막한 텐데

그 높고 청명한 하늘을

그 누가 빨간 물감으로 채색하라고

너는

어이하여

세월을 거슬러서 날고 있는 거니

아마도

가을 저녁 붉디붉은 황혼은

너를 안아보지도 못하고서 잠이 들겠구나

어느 팔월의 오후

탄다

대지가 갈증(渴症)을 호소하고

팔월이 불타는 지리한 오후다

낯선 거리

오가던 사람들 간 곳 없고

오직

태양만이 홀로 사막을 꿈꾸는 오후다

칠 년 한을

핏빛 하늘 위로 토사하던

이슬 먹고 사는 곤충이

안전지대(安全地帶)에서

성스럽게 탈을 벗는 오후다

이렇게

지리한 어느 팔월의 오후는

이글대는 태양 아래에서

이유도 모르는채 숨겨만 갔다

여름은 이렇게

여름은 이렇게 시작된다

잰걸음으로 달려오던 여름이
빨래하던 아낙의 방망이질을 멈추게 하더니
이젠
흘러가는 시냇물을 가로막고 서서
무언의 시위를 하고 있다

울 엄니
찌든 삶을 두드리던 그 커다란 돌덩이엔
새파란 이끼가 웅큼 움큼 돋아나고
바다를 동경하면서
흐르다 말라버린 물빛 꿈들이
맑은 하늘을 원망이라도 하는 듯
은빛 몸짓으로 쉼 없이 널뛰어 오르고 있다.

옥수수

울 아버지
재빠른 손놀림
씨를 내리던
황토의 땅
아직도 눈에 어리는데

바람이 분다.
바람이 분다.
하늘하늘
산들산들

파아란 잎새 사이 사이
신비의 자연 마법 소리
한 톨 한 톨
부끄러운 알몸
실오라기 꿈들이
하냥
춤추는 여름을 사냥하고 있다.

이슬비

나린다

이슬비가 나린다

희뿌연 포말(泡沫) 속에서 태어나는

영롱한 맑음이

대지를 숨 가쁘게 적시운다.

간밤

대지를 잠재우던 이름 모를 소녀의 노랫소리 들으며,

황홀한 내일을 꿈꾸던 별들의 행진이 쏟아져

파아란 잎새를 간드럽힐 때

나의

비 맞은 영혼은 기지개를 켠다.

이슬비야

이슬비야

보일 듯이 보이지 아니하는 모습을 너무 슬허마라

태양이 다시 떠오르는 아침

넌,

황금 날개 가진 천사 되어

그 금빛 날갯짓으로

오늘보다 더 황홀한

내일을 펼치리라

가을 1

오늘

파아란 하늘가에 회색 반점이 머물고

바람이 거리를 쓸었지.

연분홍 코스모스 그 마지막 잎새마저 어디론가 사라져 버리고,

호수 속에 깊게 묻히어 어리는 산은

홍엽(紅葉) 그 예전의 색깔로 소리없이 불붙으며 익어가는데,

계절은

이렇게 이렇게

바람이 만들어 놓은 거대한 함정 속으로 빨려만 드는데.

가을엔

스치는 他人이더라도

인연이라는 이름으로 그 사람을 잡고 싶다.

산들이 소리 내어 울어대는 그 비탈길에서 마주 손잡고서

끝없이 높은 하늘을 우르러며,

가을잎 주워 주워

두 손 가아득 모으고 모아서

내일이라는 그 맑은 하늘가에 흩뿌리고 싶다.

바람이 분다.

잊었던 연분홍 향기

바보인가 보다

나의 때 묻은 가슴 한켠에

아직도 하이얀 미소의 소유자로 머물고 있는

한 사람이 기억 나는 것을 보면.

차라리 이름조차 알지 못하는 사람이었다면

까아만 밤

하이얀 시간 위에서 잠 못 이루는 사연은 없었을 텐데

가을 2

산이 불붙고 있다.
하루가 다르게 번지는
이 붉은 불길을
누가 막을 수 있으랴

뽀오얀 물안개
핏빛 붉음을 함뿍 머금고 일어서는
파아란 호수에
갇혀버린 가을이
신비롭고 경이롭다.

맹꽁이

맹 – ㅇ

매 – ㅇ

인간의 아기가 배설한

도심의 한복판

번지 없는 작은 웅덩이에서

한으로 응어리진

울음 주머니 들먹이며

매 – ㅇ

맹 – ㅇ 하고

피 토하는

까아만 대지가

신비롭고,

성스럽다.

감 꽃

간밤

별빛에 취해

콘크리트 마당 위로 떨어진 감꽃의 사연들은

짙푸른 잎사귀를 감아 먹고

솜털 같은 열매로 자라나고 있는

또 다른 生命의 시작이라는 사실을

이 유월 하늘은 알고 있었나 보다

어제의 말 못하던

네 입술이 터지려고

빠알간 太陽 아래 너울너울 춤추려고

한그루 감나무는

간밤

산고(産苦)의 고통(苦痛)을 소리 없이 치렀나 보다

피었다

핏빛 붉음을 꼬옥 껴안고

보았다

꽃잎 속에 숨어있는 알몸뚱이 신비를

이제

내 눈동자 안에서

하이얀 고깔모자 쓰고

너울너울 춤추는

너는

자연의 신비로움을 간직한 아름다운 生命이어라

고수 동굴

산새 노래하는 깊고 깊은 계곡

억만 겁의 시간을 역류한

자연의 눈물이

오늘

우리를 여기에 있게 하였다.

태초에 잉태됨을 잉태시켰던

비밀의 낱알갱이들

방울방울 눈물을 먹고 자라난

너의 기나긴 두 팔로 이야기한다

비바람에

깎이고 쌓이고 흘러내렸을

억겁의 시간 외침 덩이들이

여기에

거대한 신비성을 쌓았다

문명

바벨탑 아래 함몰해 가는 인간들이
너의 신비를 벗기려 밟고 또 밟는다

억만 겁의 시간 전에
이 땅에 바람의 아들로 태어나
억만 겁의 시간이 흐른 뒤
너는
이 땅 위를 걸었던
오늘의 우리를 이야기하리라

고추

고추잠자리 유유히 날으는
그 파아란 하늘가에
빠알간 몸뗑이 부끄러운 듯
잎사귀 사이 사이에 숨어
한여름을 받아 마시고서 익어가고 있다.

우리 고향 하늘의 가을은
어느 땀방울 진 농부의 가냘픈 손놀림에 떨어지는
고추의 마지막 숨결 소리,
그 소리로 시작되고 있다.

새벽 두 시
시간이 어둠을 뎁히는 벌크 소리
그 좁은 공간 속에서
이유도 모르는 채 어제의 모습 잃어버리고
다시금 야윈 모습
고운 때깔로 태어나는

새 생명의 또 다른 모습이여

내 부끄러운 삶도

뎁혀지고 다듬어져서

이 하늘 아래 또 다른 모습으로 설 수 있다면.

나이팅게일

크리미아

그 숱한 포화 속에서

쓰러지는 피투성이 삶들을

어머니 가슴으로 감싸 안아 주었던

백의의 천사

나이팅게일

삶에 대한 두려움이 장사진을 이루는

회색 건물

기나긴 복도

좁디좁은 공간에서

언제나 따스한 가슴으로

쓰러지는 영혼을 부여잡는

나이팅게일의 딸들이여!

어제의 삶들이

오늘 우리를 여기에 있게 하였듯

사랑이라는 꽃을 손에 쥔

천사들의 고귀한 이야기가

어둠 속에서 방황하는 지친 삶들에게

생명에 새로운 불씨를 지피게 한다

몽산포의 밤

어둠이 빠져든 검푸른 바다

거대한 문명이 스며든 바다

나약한 인간이 꿈꾸는 바다

검푸른 바다가 노래한다

노오란 가로등 춤을 춘다

몽산포 포구가 일렁인다

몽산포의 밤은

꿈꾸지 아니하듯 꿈꾸고

노래하지 아니하듯 노래하는

사랑의 밤을 맞이한다

깨어날 줄 모르는 시간은

바다 저편에서 너울너울 춤추고

몽산포의 잔잔한 포구는

지금

노오란 가로등 불빛 아래

내일의 이야기를 꿈꾸고 있다

거미와 매미

어젠
처마 밑
파아란 하늘 아래
영롱한 이슬이 바람에 떨리더니

오늘
그 자리엔
울지 않는 매미 한 마리
온몸에 거미줄을 휘어감고
바람 앞에 힘없이 떨리고 있었다.

거미는
태양이 쏘아보지 못하는 그늘진 곳에서
여유롭게 또 다른 시간을 동여매고 있고
매미는
소리 없이 식어가는 팔월의 열기가 아쉬운 듯
거미의 삶은 아랑곳 하지 않고

여기저기서

한으로 응어리진 울음주머니를 들썩이고 있다.

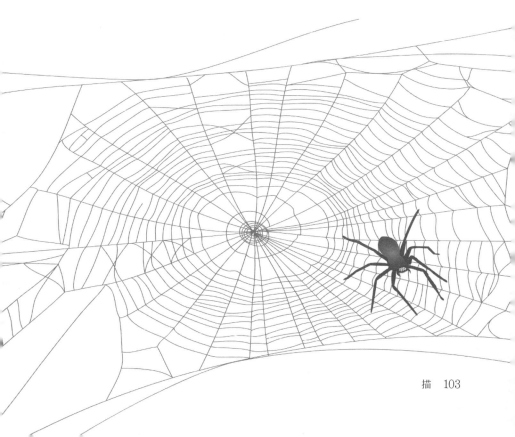

가을기억

고속버스
차창너머
가을풍경
추억이란
이름으로
눈동자에
담아본다
듣고싶다
가을소리
밟고싶다
만산홍엽

보고싶다
지난날의
내사랑을
중년이란
세월딱지

거친숨을

토해내는

힘든삶을

잠시잠깐

황금산하

어딘가에

놓아두고

• 인생사랑 •

戀

이 세상
하나뿐인 사람

그대 뉘신가

내 삶을

딱

가로 막고 서서

움직일 줄 모르는

무심한 사람

그대

그대 뉘신가

너

따스한 가슴

해맑은 미소

별들이 부서지는

까아만 하늘에서

가슴 맞대고

심호흡하고 싶은

오직

한 사람

내 삶 한가운데

내 삶 한가운데
어제처럼 오늘도 네가 서 있다

내 자유의지(自由意志)와 무관하게
너는
태양의 저편 그림자의 이름으로
나보다 먼저 깨어나
이 하늘을 대하고 있다

내 안에선
소리 없는 항쟁의 불덩이
멀리서 지켜볼 수밖에 없는
못내 아쉬운 그리움 덩이들이
더욱더
너를 지켜야만 하는
하나의 꺼지지 않는 불꽃으로 타오르게 하는가 보다

너는 또 다른 나의 이름이다.

네 이름 석 자 앞에 바보처럼 물끄러미 서 있는

내 이름 석 자는

네 이름을 빌어쓴 차명의 무의미(無意味)한 탈일 뿐

언제부터인가

네 삶 주변에서 기웃거리다가

이젠

내 삶의 主人公이 되어버린

너는

나의 전부이다

네가 좋아

네가 없는 하늘 아래에서
이토록 네가 보고픈 이유는 무얼까

바보짓을 한 거야
내가 천하에서 제일 멍청한 바보짓을 한 거야
이렇게
이렇게
네가 보고 싶어 발광할 줄 알았더라면
예전에
네가 무어라 하든
네가 무어라 하든
너의 그림자를 꼭 즈며밟고 있어야 했는데

네가 없는 삶이란
이토록 의미 없음이란 낱말로 다가설 줄 미처 몰랐는데
이제
하루를 살더라도 네 곁에서 살고 싶다는 생각은
떠날 줄 모르며 귓전을 두드리는데

날더러 어이하라고

해와 달은

어제처럼 오늘도

너의 하이얀 그 모습으로

내가 쳐다보아야만 하는 하늘가에 둥그렇게 떠 있는 거니

네가 보고 싶어

언제라도 네 생각에 달려가거든

네가 꿈꾸는 그 하늘가 옆구리라도 좋으니

 네 뒷모습 바라볼 수 있게끔 허락해 줄 수 있겠니

이 세상 하나뿐인 사람

내 안에서 활활 활화산처럼 타오르는 사람

바로 네가 보고 싶어

잊으려고

잊으려고

밤이면 밤마다 불면을 뚫고 달려드는 영상 하나를

지워보고

또 지워보지만,

그럴수록 새롭게 가슴에 가슴으로 파고드는

네가

이제는 나조차도 어찌할 수 없는 거대한 현실로 다가서고 말았어

미치도록 보고픔에 목말라 하던

지나버린 어제는

우뢰를 동반한 먹구름이 어둠의 장막을 가르더니

갈 곳 없는 제비의 몸짓에 놀란 아침은

왜

이리도록 눈부시게 맑은 걸까

오늘은

네가 없는 하늘 아래에서

네 앞에 서서

너에게 전하지 못한 메아리 없는 단어들을 하늘로 띄워본다

"보고파 그리고, 사랑해"

바보 사랑

언젠가는

하이얀 너를

꼬옥 껴안을 수 있으리라는

한 가닥 실낱같은 믿음에

오늘도

까아만 어둠 속에서

너를 그리고 있다

내 품 안에서 꿈꾸는

내 작은 사랑이여

어찌하면

그대 품 안에

못난 바보 사랑을

담아 둘 수 있게끔 할 수 있을까

바로 너였으면 좋겠어

언젠가는

내 작은 가슴에

그 누군가를 꼬옥 껴안고서 살아가는 날이 오겠지

떠나고 싶어

버리고 싶어

그림자 삶

그림자 사랑을

도와주지 않을래

내 안에서 꿈꾸는

보이지 않는 그림자 하나를

하이에나의 울음소리 그칠 줄 모르는

황량한 모래뻘에 꼭꼭 가두어 둘 수 있게끔 말이야

이젠

나를 살아 숨 쉬게 하는

유일한 힘이

바로

너였으면 좋겠어

사랑이라는 단어

누군가

사랑이라는 단어를 함부로 이야기하지 말라 하면

내 안에서

어제처럼

오늘도

한 사람 생각에

샘물처럼 솟아나는 감정의 불덩이를

무어라 표현하면 좋겠냐고 물어보고 싶다

꿈

은하수 푸른 내에

별들의 꿈들이 풍덩 풍덩 헤엄친다.

까아만 밤

직녀의 성을 찾아 헤매이는

나의 자그마한 돛단배는

반딧불을 벗 삼아

너의 꿈 조각들이 수없이 나리는

이 거대한 바다를 저어 저어 간다.

만약

너와 함께하는 삶이라면

난 수이 이 바다를 건널 수 있을 텐데.

소쩍새

새벽 네 시
어둠 사이사이
고요한 적막을 따라
소-쩍
소-쩍

어제 까아만 밤
나의 심장을 밤새도록 할퀴던
너는 "그리움"이었다

이제
그리움을 긁고 긁어
빠알간 피멍으로 엉겨붙는
너는 내 안의 '포로'이다

아!
진두강 가람가 울던 소쩍새는

왜

피멍이 되어버린

나의 하늘 아래에서

소-쩍 소-쩍

귀청이 떠나도록 울고 있는가?

화이트데이

추어적 추어적
봄비가 나리고 있다

라디오에서 흐르는 잔잔한 언어들
오늘은 화이트데이
사랑하는 사람에게 달콤한 사탕과
사랑의 밀어(密語)를 속삭여 주세요

오늘같이
추적추적 비 나리는 날
스치는 他人이더라도
그 사람과 함께
따스한 호흡들이 호호대는 장소에서
차 한잔 나누고 싶다

오늘
하늘은

나를 바라보며

호탕하게 웃었는지도 모른다

너는

혼자 있을 땐

난

시 아닌 시를 쓴다.

너는

내 안에서 노래하는 詩人

네 허락도 없이

사랑이라는 단어를 도둑질하려는

나를

체포할 수 있는

유일한 사람

너는

시간마저 잃어버린

창살 없는 인생감옥(人生監獄)에서

나를

사면 시켜 줄 수 있는

오직 한 사람

이젠

봄빛 햇살 머금고 자란

버들잎 입에 물고

이 세상

소중한 사람

내 안의 너를 위하여

노래하는 시인이 되고 싶다.

하이얀 영상

오늘

힘들게 부벼 뜬

까아만 동공 사이 사이로

태양처럼

부서지며 일어서는

하이얀 영상 하나

나는

이렇게

너에게로 향한 갈증으로 허덕이는

오늘

나는

나 자신 스스로에게 죽임을 당하여야 한다는 사실을 알았다.

幸福이라는 거울 앞에서 웃고 서 있는

네 삶에

不幸이라는 단어를 던져 줄 수 있다는 사실 앞에

사랑하는 사람의 幸福은 지켜 주고 싶다

그래서

나는

더더욱

나 자신에게 죽임을 철저하게 당하여야 하는지도 모른다

넋

네 앞에서
숨소리조차 고르지 못했던
내 우둔한 넋은
어디에서 호흡하고 있는지 알 수 없지만
지금
너를 그리는 별 없는 까아만 하늘은
가로등 불빛을 살라 먹고
비좁은 가슴에
용광로처럼 불타오르는
하이얀 네 모습을 그려 두었다

왜
자꾸만
너는
맑은 눈빛을 부벼 뜨고서 일어서고 있는 거니
내 넋이
정녕

내 넋이니

아니야 아니야

이미 너에게 앗겨버린

내 가여운 넋은

네 따스한 손길이 머무를 수 있는 곳에

이름없는 한 송이 들꽃으로 피어나기 위해

핏빛 삶을 살아가고 있는지도 몰라

이유 하나

어둠을 살라 먹는
형광등 불빛만이
불면이라는 이름으로
두터운 이불 속까지 쉼 없이 달려드는 시간
난
한 줄의 시를 쓰고 있다.

단지,
네가 불현듯 생각났다는
그 이유 하나 때문에.

119

아직은

너의

119 대상이 아닌가 보다

너는

비 나리는 어느 거리에서

숨 가쁘게 119를 남겼지만

난

꿈속에서

여우 같은 너를 그리고만 있었으니까

헛소리

깨달음도

지식도

명예도

부귀영화도

존재하지 아니하는 세상에서 살고 싶어라

단지

너와 함께

자유로이 시간을 호흡할 수 있는

하늘 아래에서 살고 싶어라

때늦은 후회

언젠가

나도 모르는 용기로

네 앞에 달려간 적이 있었지

번지수를 잃어버린 대화들만 오가고

넌

내 마음을 예전에 알았다는 것처럼

이렇게 물었지

나를 좋아하냐고

아!

이미

네 앞에서 들켜버린 내 작은 가슴은

바보같이

이렇게 말해 버리고 말았어

아니야

못 잊어

까아만 밤이면
너의 하이얀 환상에 포로가 되어버린
나는 꿈꾸는 몽유병 환자

이제는
부르지 않아도
목놓아 부르지 않아도
너는
유리창에 부딪히는 산들바람처럼
내 삶 위에서 춤추고 있다
두드리지 않아도
소리 없이 열리는
너에게로 향한
눈물로 얼룩진 마음은
너의 마법에 걸린 거울의 창인가 보다

왜

너는

삶을 빗질하는 녹슨 거울 앞에서

어제처럼

오늘도 행복한 미소를 짓고 있는가

무한속도(無限速度)

시속 150km

널 보기 위하여

고속도로를 질주하는

내 자동차의 속도이다.

네 앞에 서면

내 마음은

숨 가쁜 시계 제로

시속 300km

너로부터 탈출하기 위해

몸부림치는

내 마음의 속도이다

비상구 없는 현실 위에서

네가 누리는 행복을

네가 노래하는 사랑을 아는 까닭에

너로부터 멀리 달아나야 한다

이제는 안다

솜같이 보드라운

네 모습이 없는 하늘가에서

너의 그림자를 지우기 위해

홀로 지새는 마음은

무한속도(無限速度)로

다시금

너에게로 빗살처럼 달려가고 있다는 것을

소망

바라보는 하늘은 별 바다

풍덩대는 시간들이 노니는

지금의 밤하늘은

平和

그리고

사랑

그 뒤의 소망이

이토록

은빛 쪽빛으로

아름답게 물들일 수 있을까요

보고픈 맘

가슴속에 오래도록 간직하면 별이 된다는

그 뒤의 시구처럼

네가 바라보는 쪽빛 하늘에

내가 소망하는 은빛 사랑을 별빛 소망을

별빛 하늘을

작은 가슴속에 불 밝힐 수 있는

한 사람으로

살아갈 수 있다면 얼마나 좋을까요

안개비

안녕이라 말하며 손 흔드는
맑은 눈동자 하이얀 영상
이름 모를 까아만 하늘가 남겨두고
달려오는 내 하늘가에
하이얀 안개비가 내린다

달빛 그림자를 벗 삼아
내일을 이야기하던
하이얀 사람아!
그대는 아는가?
내 가난한 가슴에
네가 바라보던 하늘이
항상
내가 바라본 하늘이라는 사실을

비 오는 날

무작정 떠나고 싶다
갈 곳은 없어도
기다리는 사람은 없어도
내 메마른 감정의 땅에
비를 촉촉이 내려준
한 사람의 하늘가로
무작정 떠나고 싶다

홀로 세상에서

네 이름 석 자
이제서야
내 가슴속에
하나의 의미를 가진
잊혀지지 않는 이름으로 다가서는데

너는
넓고 깊은 푸른 바다
나는
바다 한가운데서 첨벙이는 바보
하늘은
왜
자꾸만 은빛 햇살을 바다에만 쏟아내는가

진즉
홀로 세상에 태어나서
나는

왜

네가 머무는 하늘가에 보고픈 그림자만 만들 뿐

네 앞에 감히 눈 들고 서서 큰소리치지 못하였는가

우린

우린

언제나

이 가을날에

빠알갛게 얼굴 붉히는

낙엽처럼

서로가 진실만을

이야기하고 싶어했다

너와 나

언제나

하나를 원했지만

둘일 수밖에 없는 운명

이제

또 다른 계절에

힘없이 밀리는 이름은

나의 가슴에

퇴색한 이름으로 남아 있을 뿐…

기억 속에서

영원히

깨어나지 못할 하나의 이름으로 남게 해주소서.

이 계절의 만난 이름만은

널 잊기로 한다

간간이 메아리로 들려오는
머언 먼 너의 목소리
네 이름 앞에서
산산이 부서져 내린
아침 이슬 이야기들

널 잊기로 한다

너에게로
애타게 부르던 이름 그 이름
파르르 떨리던 입술 그 입술
숨 가쁜 벙어리 가슴 그 가슴

널 잊기로 한다.

삶의 한복판에서
더 이상 방관할 수 없는

또 다른

나를 찾기 위하여

이젠

널 잊기로 한다.

아침에 눈을 들어

이 아침에 눈을 들어
그녀를 이야기하고 싶습니다

두 볼이 유난히도 아름다운 사람
아침 이슬 같은 수정의 눈을 가진 사람
그대를 마주하고 있노라면
난 말 못하는 벙어리가 되고
먹먹한 가슴은 왜 이리도 아픈 것일까요

그대에게로 향한 불면의 그리움들이
나에게 기워진 운명이라면
그대의 따스한 가슴속에
나란 존재하나 자리 잡지 못함이
나에게 주어진 숙명인가요

미완성 인간으로 태어나
완성된 인간이 되길 소망하는 것처럼

내가 지금 이야기하는

이 세상 오직 한 사람

그 사람과의 이야기도

내 작은 가슴에

그림자 추억으로 남겨야 하나요

이유 같지 않은 이유

내가
네게 줄 수 있는 것이
아무것도 없다는 것을 알았어

내
너에게로 향한
가슴은
이미
가뭄에 갈라진 거북 등 논바닥처럼
한계상황(限界想況)에 도달하고 말았어

내
불면의 시간들을 불태우면서
너에게로 달려가던
쉼없는 내 맘들은
거짓이 아닌 진실이었다고 말하고 싶어

네가

생각나겠지만

생각지 않도록 노력할 꺼야

잊혀지지 않겠지만

잊으려고 노력할 꺼야

진정코

너로부터 멀리 달아나지 못하겠지만

네가 볼 수 없는 그러한 하늘가로 달아나고 싶어

미안해

그리고

차거운 가슴속에

따스한 가슴의 소유자인 너를

허락도 없이 모르게 간직한

못난 나를 용서해줘

이젠

예전에

어둠이 하이얗게 지새는 시간

나의 창밖을 서성이던 사람

혹여

지워질까 잊혀질까 두려워

어느 이름 모를 하늘가

그 핏빛 추억 이야기들을

주워 주워서

모아 모아서

나의 비망록 위를

쉼 없이 달려들게 했지

나의 가슴에도

시간의 그림자가 드리우는가 보다

너에게로 향하던

소리 없는 그리움 마음 덩이

내가 묻히고 네가 묻히고

네가 묻히고 내가 묻히고

이젠

생각마저 보고픔일 수밖에 없는 그리움 덩이를

아무도 모르는

까아만 어둠의 시간 속에 묻어둔다

바램

날 위해
어느 누구도 웃어 주는 이 없는
홀로 세상에서
널 위해
웃어 줄 수 있는 수많은 사람들 중에
못난 '나'라는 사람 하나
존재했었다는 사실을 기억해 줄 수 있겠니

날 위해
어느 누구도 눈물 흘려 주는 이 없는
홀로 세상에서
널 위해
눈물 흘려 줄 수 있는 수많은 사람들 중에
못난 '나'라는 사람 하나
네 곁에 잠시라도 머물고 싶어 했었다는 사실을
먼 훗날
바람이 스치는 이야기이더라도 기억해 줄 수 있겠니

10월 하늘 아래에 서서

초롱한 별들이 알알이 박혀 노래하는

저무는 계절의 한 모퉁이에서

여윈 새끼손가락 꼬옥 잡아주며

멍든 가슴 보듬어 줄 수 있는

따스한 가슴의 소유자와 이야기하고 싶다.

10월 하늘 아래에 서서

광자(狂者)의 밤

미칠 것만 같다.

지금 내 삶은 어찌하라고

그렇게 흘러간 어제를 껴안고

아무도 찾아주지 않는

어두운 공간 속에서 발버둥치고 있는가.

이지러진 순백은

어둠을 한 움큼 베어 먹고서

시간이 지날수록 살지는데

나는

내 안에서 웃고 있는

하이얀 그림자 땜에

야위어만 가고 있다.

차라리

過去의 나도

現在의 나도

未來의 나도

모두 잊어버린

백지의 모습으로 살아갈 수 있었더라면

지금

이 어둠 아래에서

광자(狂子)의 모습으로 발버둥치는 일들은 없었을 텐데…

내일은

수줍은 회색 구름이 태양을 감싸 안고 있다.
대지가
어제의 놀란 가슴을 어루만지면서 일어서고 있다.
때 이른 꿀벌의 쉼없는 날갯짓이
짓밟혀 쓰러진 여윈 풀섶을 깨우고 있다

일어설 거야.
깨어날 거야
어지러진 대지의 기운을 받아 마시고서
차거운 바람에 얼어버렸던 계절을 보듬이면서
시간이 지난 후에
향그런 아름다운 꽃이 피어날 거야
그리고,
태양이 솟구치는 내일은
멍든 가슴 툭툭 버리고서
수정처럼 맑은 파아란 하늘을
눈 들어 바라볼 수 있겠지

인생사랑

펴 낸 날 2014년 11월 24일

지 은 이 이용성
펴 낸 이 최지숙
편집주간 이기성
편집팀장 이윤숙
기획편집 윤은지, 김송진, 주민경, 김규빈
표지디자인 신성일
책임마케팅 임경수
펴 낸 곳 도서출판 생각나눔
출판등록 제 2008-000008호
주   소 경기도 고양시 덕양구 화중로 130번길 24, 한마음프라자 402호
전   화 031-964-2700
팩   스 031-964-2774
홈페이지 www.생각나눔.kr
이 메 일 webmaster@think-book.com

• 이 도서의 국립중앙도서관 출판 시 도서목록(CIP)은 서지정보유통지원시스템 홈페이지
  (http://seoji.nl.go.kr)와 국가자료공동목록시스템(http://www.nl.go.kr/kolisnet)에서
  이용하실 수 있습니다(CIP제어번호: CIP2014031704).